Loi n° 49.956 du 16 juillet 1949 sur les publications
destinées à la jeunesse : avril 2020
Dépôt légal : avril 2024
Imprimé en France par Estimprim
à Autechaux

ISBN 978-2-211-30781-9

Colas Gutman • Marc Boutavant

Chien Pourri !
aux Jeux Olympiques

Mouche
l'école des loisirs
11, rue de Sèvres, Paris 6e

Qui n'a jamais rêvé de gagner une médaille d'or ? Qui n'a jamais eu l'ambition secrète de grimper un jour sur la plus haute marche du podium ? Jusqu'à aujourd'hui, Chien Pourri a surtout goûté au sommet de sa poubelle, et la seule médaille glanée avait un arrière-goût de sardine. Quant à Chaplapla, la seule fois où il a participé à une compétition sportive, c'était comme frisbee pour quelques garnements mal intentionnés. À l'heure où les écoliers courent pour rentrer chez eux, le petit Jojo, lui, court surtout pour faire plaisir à son papa.

– Plus vite ! l'encourage son papa.

– Plus vite, Jojo, ou je te tire les cheveux ! le prévient sa sœur, Josette.

– Je fais ce que je peux, dit Jojo.

Mais Jojo peut peu, et essoufflé, il s'assoit devant la poubelle de Chien Pourri et Chaplapla.

– Ce n'est pas comme ça que tu vas devenir champion, le sermonne son papa.

– T'es qu'un gros nul, lui dit sa sœur.

– M'en fiche, un jour je gagnerai les Jojolympiques ! prévient Jojo.

– On ne dit pas les « Jojolympiques », mais les « Jeux olympiques ».

– Je m'en fiche, je les gagnerai quand même !

Pauvre petit Jojo, pense Chien Pourri qui se souvient de toutes les fois où il avait voulu mais où il n'avait pas pu. Il se rappelle également de ce que lui disait son papa quand il s'apprêtait à abandonner : « Quand on pue, on peut ! » Alors, il décide de faire ce qu'il peut pour aider le petit Jojo.

– Chaplapla, et si on organisait les Jojolympiques ?

– Avec une épreuve de 110 mètres poubelle, peut-être ? se moque le basset qui passe par là.

– Et du saut en laideur ? s'esclaffe le caniche.

Mais Chien Pourri ignore ces ignobles moqueurs. Demain, après l'école, qu'il pleuve, qu'il vente, qu'il neige ou que le soleil brille, il n'y aura pas une ombre au tableau, il organisera avec Chaplapla les premiers Jojolympiques de l'histoire.

– Cet affreux Jojo ne le mérite pas, dit son papa. Allez, poussez-vous, j'ai un champion à traîner !

– À entraîner, vous voulez dire ?

– Non, je dois le traîner partout celui-là, et sa sœur ce n'est pas mieux.

Quel gentil papa, sévère mais juste, pense Chien Pourri.

Et tandis que Jojo repart en trottinant et Josette en trottinette, Chien Pourri se demande comment se faire apprécier de cette famille d'affreux jojos.

Les affreux Jojolympiques !

Le lendemain, Chien Pourri et Chaplapla dressent la liste des épreuves qui attendront les candidats :

Piscine en petit bassin (caniveau)
Tennis de vieille table
Tournoi de foot-baballes…

– Je veux aussi un « lancer de sœur », exige Jojo.

– Pardon ? s'étonne Chaplapla.

– Oui, ma sœur Josette, elle

m'embête à dire tout le temps que je suis nul, alors que c'est elle la nulle.

– On ne peut pas faire ça, dit Chaplapla.

– C'est mes Jojolympiques ou pas ? s'énerve Jojo.

On n'y arrivera jamais, pense Chaplapla. *On s'en sortira toujours*, se dit Chien Pourri.

Et si Chien Pourri garde son enthousiasme et s'imagine remporter une médaille sous les hourras de quelques rats, Chaplapla, lui, réfléchit au difficile recrutement des athlètes :

– Aux JO, les athlètes viennent de tous les pays du monde, Chien Pourri, c'est ce qui fait la beauté du sport.

– Eh bien, nos athlètes viendront

de tous les quartiers et de toutes les poubelles, c'est ce qui fera la mocheté du nôtre.

Chien Pourri et Chaplapla partent coller des affiches sur les réverbères, les bancs, les boulangeries, les murs et les poubelles de la ville pour recruter des participants.

– On va tout rafler, prévient le basset en petit survêtement.

– Je vais tous les coiffer au poteau, ajoute le caniche à frange.

– Pour le quartier des huppés : hup, hup, hup ! crient-ils en chœur.

– Pour le quartier tout pourri, hip, hip, hip ! répondent trois canards boiteux.

Quelques curieux hésitent à se lancer dans l'aventure. Un pigeon sur béquille demande à un rat borgne s'il souhaite participer au 100 mètres-caniveau, tandis qu'un chien d'aveugle demande s'il peut venir accompagné.

Finalement, c'est l'effervescence qui gagne tous les quartiers de la ville, les affichettes passent de main en main, les dossards de dos à dos, si bien qu'au petit matin une foule se presse devant la poubelle de Chien Pourri. Jojo et Josette, eux, sont bien décidés à en découdre.

– Je te bats à la course, je t'écrase à la boxe et je te coule à la natation, dit Josette.

– Eh bien moi, je t'éclate au tennis, je t'explose au football et je t'humilie en gym ! affirme Jojo.

– J'adore cette rivalité, mes enfants, c'est très stimulant ! Celui qui gagnera sera mon préféré ! se réjouit leur papa.

Il est vraiment bien cet entraîneur,

il éduque bien ses enfants, pense Chien Pourri.

– Mais où est ta maman ? demande Chaplapla à Jojo.

– Elle est partie.

– Faire des courses ? demande Chien Pourri.

– Non, elle est partie à cause de la douche.

Cette fois, si Chien Pourri ne comprend rien, c'est que le petit Jojo, lui non plus, n'a jamais bien compris ce qui s'était passé. Sa grande sœur, Josette, lui avait expliqué que leur maman était partie parce qu'elle avait trop de pression sur les épaules. Jojo a toujours pensé qu'elle parlait de la douche.

Non loin de là, une maman venant d'un quartier huppé pousse

son enfant. C'est Patrick Hoquet, un petit garçon qui porte bien son nom.

– Plus vite, Patrick ! dit sa maman. Les sélections aux Jojo vont débuter !

– Hic ! répond Patrick.

– C'est certainement la pression, explique Chaplapla.

– N'importe quoi, ce n'est pas une douche, c'est un enfant ! dit Chien Pourri.

La sélection des candidats

Devant une assemblée de shorts satinés, de joggings élimés et de leggings colorés, Chaplapla rappelle la devise des Jojolympiques : « L'important, c'est de participer. »

– Avec une belle frange, ajoute le caniche.

– Et un beau survêtement, affirme le basset.

– C'est faux, l'important c'est de gagner ! s'insurge le papa de Jojo et Josette, qui prévient ses enfants : si vous revenez sans médailles, pas la peine de rentrer à la maison!

Devant la mine déconfite de ses enfants, il ajoute:

– Je plaisante, bien sûr.

– Quel humour! apprécie Chien Pourri.

Les autres candidats n'ont que faire de ces querelles de famille et s'alignent sur la ligne de départ en partageant leurs techniques.

– J'ai apporté des haltères, confie un moineau déplumé.

– Pour courir? s'étonne un lièvre.

– Oui, quand je les pose, je cours plus vite!

– Moi, j'ai pris de l'avance, avoue une tortue, aussitôt disqualifiée.

Les candidats aux Jojolympiques

doivent courir le 100 mètres caniveau en moins de 25 secondes.

– À vos marques, prêts, partez ! crie Chaplapla.

Un moineau piaffe d'impatience de doubler un pigeon sur béquilles. Chien Pourri hésite à doubler un rat par la droite ou la gauche et finit par se prendre un poteau en pleine face. Jojo et Josette, eux, courent dans le caniveau sous le regard médusé de quelques passants.

« Pauvre jeunesse », soupire un monsieur.

– C'est les Jojolympiques ! crie Jojo.

– Vous salissez l'esprit olympique ! lance une dame.

– On ne salit que notre pantalon, madame ! répond Josette.

Malheureusement, Jojo et Josette ne remplissent pas les minima jojolympiques. La faute à Jojo qui a tiré les cheveux de Josette et à Josette qui a marché sur les lacets de Jojo.

– J'exige de voir les organisateurs ! s'énerve le papa de Jojo.

– C'est pourquoi ? demande Chaplapla.

– Mes enfants participent ou je vous mets à la poubelle !

– On y est déjà, note Chien Pourri.

Le papa tente alors une approche plus douce pour amadouer le jury :

– Josette et Jojo n'ont jamais rien gagné de leur vie, vous comprenez. L'année dernière, à la fête de l'école, la pêche aux canards a été une véritable déception, ils n'ont même pas été capables de me ramener un poisson rouge ! Et puis, leur maman est partie s'installer à 42 kilomètres de la maison, ça les rend tristes.

Chaplapla, qui n'a jamais laissé un enfant sur le bord du trottoir, se laisse émouvoir.

– Bon, on les inscrit, mais c'est bien parce que ce n'est pas vous !

J'aimerais bien qu'il m'entraîne au lancer de serpillière, pense Chien Pourri qui se met à lui lécher les pieds.

– Dégage, le clebs ! Rien qu'à te regarder, j'ai la nausée, ça se voit que t'es un « loser » né !

Oh, il parle anglais, ça doit être un entraîneur de foot-baballes, pense Chien Pourri.

Mais loin de l'idéal jojolympique, les premières protestations des athlètes se font entendre :

– J'exige d'être inscrit, râle un moineau non qualifié, j'ai été ralenti par un canard boiteux.

– Mon fils a eu un point de côté, explique la maman de Patrick Hoquet.

Chaplapla fait alors le tri parmi les candidats : ceux qui ont un œil de verre, dans le bac jaune avec les bouteilles ; ceux qui ont une jambe en bois, dans le bac vert. « Le plastique n'est pas autorisé à concourir », explique-t-il à un canard de bain.

Épreuve de vérité

En ce premier jour des Jojolympiques, et comme le veut la tradition, les épreuves doivent commencer par un lancer de marteau-piqueur suivi d'une course contre la montre.

– Elle avance toute seule, la montre ? demande Chien Pourri.

– C'est nul, dit Jojo.

– Pour une fois, je suis d'accord avec Jojo, dit Josette. Nous, ce qu'on veut voir, c'est de la lutte gréco-germaine !

Chien Pourri et Chaplapla, qui n'ont jamais su dire non à un enfant, lui disent… oui.

– Les règles sont simples, annonce Chaplapla, tous les coups sont permis sauf ceux qui sont interdits.

Hector le pigeon sur béquilles et Thierry le rat borgne entrent en piste. Mais le combat ne convainc pas les spectateurs.

– Nous, avec Josette, on se bat beaucoup mieux, fait Jojo.

– Ah ouais ? dit le caniche à frange. J'aimerais bien voir ça.

– Ben, viens te battre si t'es un homme, dit Jojo.

– Je suis un chien mais je viens quand même !

Le caniche à frange se rue sur

le petit Jojo, tandis qu'Hector en profite pour donner un coup de béquille à Thierry le rat borgne.

– Vas-y, Jojo, fais-en du pâté pour chien ! l'encourage son papa.

Jojo, bien entraîné par son papa, profite d'un plaquage au sol pour sortir ses quatre vérités au caniche qui les reçoit comme autant de coups de poignard.

– Ta frange, elle est moche. Même

celle de Josette, elle est mieux ! J'ai l'adresse d'un coiffeur si tu veux.

Le caniche se relève mais, sonné, il titube et déclare forfait.

– J'ai besoin d'un shampoing, dit-il.

Pendant que l'arbitre note l'incident sur sa fiche, Jojo en profite pour retirer ses béquilles au pigeon et marcher sur la queue du rat borgne. Jojo est aussitôt déclaré vainqueur par son papa.

– Ben quoi, c'est vrai, il a gagné, dit-il.

Mais dans la foule, les commentaires anti-sportifs vont bon train.

– Les Jojolympiques sont truqués, s'indigne un monsieur.

– Tous des pourris, peste une dame.

– Pour le quartier tout pourri, hip, hip, hip ! crie la foule.

Jojo, bien que déclaré vainqueur par son papa, n'arrive pas à savourer sa victoire.

– Je ne l'ai pas méritée, hein ?

– Disons que si ta maman te voyait, elle ne serait pas très fière de toi, moi non plus d'ailleurs.

À cette annonce, Jojo, parfois affreux avec tout le monde, devient très dur avec lui-même et fond en larmes dans le caniveau.

– Tu remplis le bassin jojolympique ? lui demande Josette.

Mais comme son frère, Josette est émue. Elle aussi pense à sa maman tous les matins en enfilant ses chaussettes.

Avant, c'est elle qui me les reprisait, pense-t-elle. *Maintenant, c'est papa qui me méprise.*

Pauvres enfants, il est vrai qu'ils ne peuvent espérer un mot d'encouragement de leur papa, car pour lui, il n'y a qu'une place qui compte :

– La première, sinon… Pas la peine de rentrer à la maison.

– Oui, oui, on sait, renifle Jojo qui sent la pression lui couper les jambes et lui ôter toute envie de faire du sport.

Dans son coin, la petite Josette se prépare pour l'épreuve suivante : le plongeon en petit bassin.

Elle va plonger en Josette ? se demande Chien Pourri.

La plongée des sentiments

Les candidats doivent s'élancer de la poubelle de Chien Pourri pour se réceptionner dans le caniveau. Tous les chiots périlleux sont admis, mais il est difficile d'attirer les candidats sur le couvercle. Se présentent tout de même pour l'épreuve du saut de poubelle : Chien Pourri, Hector le pigeon, Thierry le rat borgne et Patrick Hoquet, recouvert d'un sac plastique pour ne pas se salir.

– Je ne voulais pas y aller, c'est

ma maman qui m'a inscrit pour que je fasse du sport, avoue-t-il.

– Hector le pigeon n'arrête pas de roucouler, se plaint Thierry le rat.

– C'est ma façon de me concentrer, explique Hector.

– Eh bien, moi, ça me déconcentre !

Pour la première fois de sa vie, Chien Pourri peut remporter une médaille dans laquelle se reflétera toute la fierté de son quartier.

– Pour Chien Pourri, hip, hip, hip ! l'encouragent quelques passants.

– Pour Patrick, hic, hic, hic ! crie la maman du petit Hoquet.

Je vais plonger directement dans les égouts sans passer par le caniveau, calcule Chien Pourri.

Mais au royaume des athlètes, Thierry le rat borgne est roi : il se faufile entre les pattes de Chien Pourri pour réaliser un magnifique saut périlleux avant… de retomber dans le caniveau. Pour Chien Pourri l'enjeu est énorme :

– J'ai peur, Chaplapla.

– De gagner ou de perdre, Chien Pourri ?

– Plutôt de me perdre jusqu'au podium si je gagne.

– Ouh là là, ce n'est pas gagné.

Je vais faire un flip avant mais je flippe un peu, se dit Chien Pourri.

Malheureusement, Chien Pourri glisse sur une peau de banane, s'envole dans les airs et ne redescend pas tout de suite.

– Il a sans doute trouvé un réverbère en chemin, se moque le basset.

– Peut-être qu'il préfère rester en haut plutôt que tomber bien bas, ricane le caniche.

– Il en met du temps, s'impatiente le piaf.

Chien Pourri finit par redescendre mais sa réception sur les fesses manque de précision, il rate le caniveau et le podium pour quelques centièmes de point.

Et c'est au tour de Patrick Hoquet de s'élancer. Mais pour lui tout n'est pas ok, les conditions météo ne lui permettent pas de sauter.

– Il y a trop de vent au sommet de la poubelle, se plaint-il.

– Avec lui, il y a toujours un hic, soupire sa maman.

Contrairement à Patrick, le vent ne dérange pas Hector le pigeon sur béquilles, qui a l'habitude d'affronter des conditions extrêmes et qui réussit un double salto arrière et obtient du même coup la première place, devant Thierry le rat borgne. Le piaf est troisième ex æquo avec une souris chauve.

– Hip, hip, hip ! crie la foule.

– Pipi ? fait Chien Pourri.

Au tableau des médailles, c'est le quartier pourri de Chien Pourri qui passe en tête.

– Le tableau des médailles, c'est celui avec la Joconde avec une médaille autour du cou ? demande Chien Pourri à Chaplapla qui ne sait plus quoi répondre.

L'épreuve des nerfs !

Les Jojolympiques avancent dans la joie et la mauvaise humeur parce qu'il est difficile de contenter tous les participants. Chaplapla propose un triathlon pour trier les déchets, Chien Pourri, un chamboule-toutou.

– C'est nul, disent Jojo et Josette. On prend les commandes !

– Je voudrais un bacon cheeseburger, dit Chien Pourri.

– Mais non, explique Jojo : désormais, c'est nous qu'on fait les Jojo !

– C'est mal dit, mais bien parlé, mon fils ! apprécie son coach.

Seulement, Jojo et Josette ne sont pas d'accord sur la prochaine épreuve. Jojo penche pour du tir à la carabine dans l'œil de Josette et Josette pour du taekwondo dans son dos. Leur papa tranche pour du tir à l'arc.

– L'art de la concentration et de la précision, précise-t-il.

Hélas, Jojo n'arrive pas à se concentrer car il pense encore à sa maman. Il se souvient d'une époque magnifique où toute la famille jouait ensemble et où son papa et sa maman se passaient la baballe sans se tirer dans les papattes. *Mais c'était avant que la douche soit déréglée*, songe-t-il, tristement.

Soudain, l'arc dans une main, il envisage une solution : *Je vais tirer une flèche avec un mot pour ma maman et lui dire que la pression de la douche est réparée et qu'elle peut rentrer à la maison.*

Josette, elle, propose que Chien Pourri fasse la cible.

– Ce n'est pas l'esprit des Jojolympiques de s'en prendre aux animaux, proteste Chaplapla.

– Qu'est-ce que t'en sais ? C'est pas toi Jojo, dit Josette, c'est mon frère. C'est lui qui a l'esprit, pas vrai Jojo ?

Mais Jojo ne répond pas, tout occupé qu'il est à rédiger la lettre pour sa maman.

On devrait annuler ces affreux Jojo, pense Chaplapla. Mais on n'arrête pas comme cela une course en plein élan, un saut en plein vol, une foule en plein délire.

– Vise le nez ! crie un monsieur d'un quartier huppé.

– Pas de quartier ! lance une dame.

– Pour le quartier des huppés, hup, hup, hup ! crie la foule.

– Pour le quartier tout pourri, hip, hip, hip ! crie personne.

Le suspense est à son comble : Hector le pigeon bande son arc à l'aide de sa béquille, Chien Pourri

tremble comme une feuille, mais le papa de Jojo et Josette dépose une réclamation avant même que le pigeon ne décoche sa flèche.

– Pas question que mes enfants participent à cette épreuve et tirent une flèche touchée par un pigeon, ce n'est pas hygiénique !

– C'est du vol, dit Hector. Je me plaindrai au comité jojolympique.

– C'est moi le comité, il y a un problème ? demande Jojo.

– Que se passe-t-il ? Je suis privé de cible ? demande Chien Pourri qui n'a rien d'une flèche.

Mais celui qui a reçu une flèche en plein cœur, c'est bien le petit Jojo, car il sait qu'il ne pourra pas envoyer la lettre à sa maman. La tête baissée et les pieds dans le

caniveau, il songe à abandonner et laisse tomber sa lettre sur le trottoir, et avec elle, tout espoir.

– Il triche, dit Josette, il s'entraîne à nager, je le vois, il remue les orteils !

Son papa comprend que son fils n'est pas dans une forme olympique et tente de lui remonter le moral.

– Ne t'en fais pas mon Jojo,

un jour ou l'autre, je suis sûr que tu auras une médaille autour du cou.

– Mais je ne suis pas un chien !

– Tu ne penses pas ce que tu dis mon toutou, euh, mon chouchou.

Et comme un bon coach qui se soucie du moindre détail, son papa repère les lacets défaits de son athlète et la petite boule de papier froissé à ses pieds qu'il déplie sans rien dire :

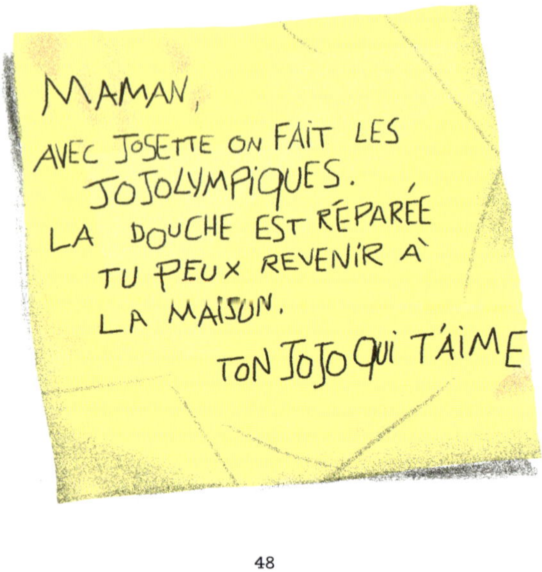

– Qu'est-ce que c'est que cette histoire ?! Il n'est pas du tout concentré sur les JoJo ! Je vais lui dire ma façon de penser, moi !

Pendant ce temps, Chaplapla remet une médaille à Hector le pigeon, seul tireur sur le podium pour des questions d'hygiène. Le quartier de Chien Pourri est toujours devant au tableau des médailles, mais derrière un immeuble, le basset à petit survêtement et le caniche à frange complotent pour obtenir une victoire importante.

– Tu penses à ce que je pense ? demande le caniche.

– Oui, mais c'est mieux si tu me le dis, répond le basset.

Un fil à la patte

Ce n'est ni la plus belle ni la plus difficile des épreuves, mais c'est celle que personne n'attend, puisqu'il s'agit du tour du pâté de maisons.

Le but est de faire quatre fois le tour du pâté de maisons, le plus rapidement possible, sans s'arrêter à la boulangerie, chez le marchand de journaux ou chez un copain.

– Fastoche, dit Josette.

– Tranquille, dit Jojo.

— On va tous les dépasser, se vante le basset à petit survêtement.

C'est que sous son survêt, le caniche à frange a glissé un petit câble électrique relié à ses pattes qui peut le propulser à la vitesse d'un caniche au galop.

— Si avec ça on ne gagne pas, je me coupe la frange ! fait le caniche.

Si je gagne la médaille de bronze, peut-être que je serai bronzé ? réfléchit Chien Pourri.

Mais Chien Pourri, qui n'a pas l'habitude de courir, sauf pour fuir les passants, se demande comment faire pour avancer plus vite.

– T'as qu'à penser que t'es un âne et que t'as une carotte devant toi, propose le basset.

– Ça ne devrait pas être trop difficile, ricane le caniche.

Quelle bonne idée, je suis une carotte, pense Chien Pourri comme un âne. *Je vais gagner une médaille pour mon quartier.*

Mais d'autres candidats sont motivés pour battre des records de vitesse.

Si je gagne la course j'aurai le droit

à une photo dans le journal de l'école et maman la verra, pense Jojo.

Si je gagne, ma maman m'offrira des collants, pense Josette.

Et c'est parti !

Jojo court sous son meilleur

profil, Josette en socquettes, Chien Pourri comme un âne, le canard boiteux de travers, seul un lièvre court comme il faut, mais il se retourne pour voir s'il n'est pas suivi par une tortue et finit par se traîner comme un escargot.

Tiens, un papier dans ma poche, remarque Jojo, en reprenant son souffle, les mains dans les poches.

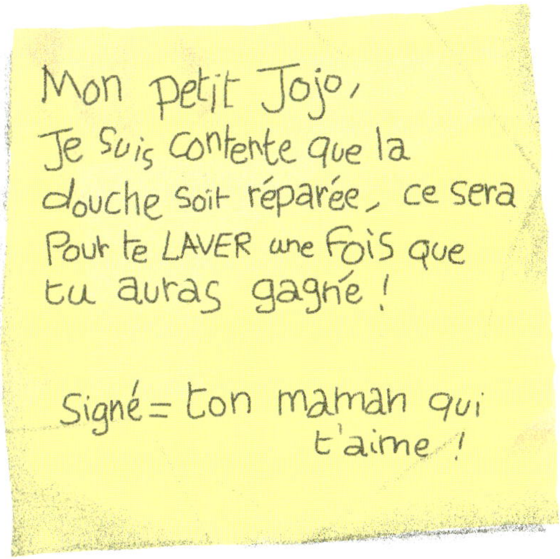
Mon petit Jojo,
Je suis contente que la douche soit réparée, ce sera Pour te LAVER une fois que tu auras gagné !

Signé = ton maman qui t'aime !

Son papa vient de réveiller l'affreux Jojo !

Jojo sait bien que sa maman n'a pas pu répondre à une lettre qu'elle n'a jamais reçue. Il reconnaît l'écriture de son papa et l'erreur grossière de sa signature. Jojo déteste la triche et les tricheurs !

– Mensonge olympique ! crie Jojo en filant à toute allure.

Jojo dépasse Chien Pourri et Chaplapla, le canard boiteux, Thierry le borgne, le piaf qui piaffe, Patrick Hoquet, le caniche et sa frange, il remonte à la hauteur des socquettes de Josette, mais il n'arrive pas à dépasser le petit basset à moteur qui coupe la ligne d'arrivée le premier.

Jojo termine deuxième et Josette troisième.

– Partager une médaille avec un chien, il n'y a pas de quoi être fiers, les sermonne leur papa.

– Pour le quartier des huppés, hup, hup, hup ! crient quelques passants fortunés.

– Pour le quartier tout pourri, hip, hip, hip ! lance une gentille mamie.

Grâce à la victoire du basset qui a réalisé un temps incroyable, le quartier des hup, hup revient à la hauteur du quartier des hip, hip.

– Et vous, vous êtes pour qui ? demande Chien Pourri à Jojo et Josette.

– Nous, on est pour notre maman, disent tristement les deux enfants.

Tournoi de foot-baballes !

Les spectateurs sont invités à se rendre sur le grand terrain vague pour le match de foot-baballes.

– J'espère qu'il y aura plein de ballons, dit un monsieur. Quand il n'y en a qu'un sur le terrain, je m'ennuie.

– Je peux être goal-volant, annonce Hector le pigeon.

– Tu peux surtout faire le poteau avec tes béquilles, se moque le caniche.

— Eh, Chien Pourri, tu fais le ballon ? demande le basset.

Mais Chien Pourri a d'autres ambitions. *Je suis un chien, je sais ramener les baballes ! Je vais les rapporter à mon entraîneur et il va m'adopter.*

Faire du sport a visiblement oxygéné le cerveau de Chien Pourri qui a une grande idée en tête : *Si un papa peut devenir entraîneur, peut-être qu'un entraîneur peut devenir mon papa ?*

Après de longues discussions avec l'arbitre, Chaplapla, Josette est autorisée à jouer avec les garçons à condition qu'elle mette des protèges-Josette.

Jojo, lui, espère marquer des buts et un jour coller sa vignette dans un album en mangeant un panini. Alors sa maman le reconnaîtra et le serrera dans ses bras.

Mais l'heure n'est pas encore au réconfort ou aux récompenses. Et c'est le coup d'envoi !

Chien Pourri passe le ballon à Chaplapla qui le donne à Hector le pigeon qui rentre dans la petite surface de réparation mais qui la dépasse pour entrer dans la grande surface, à côté du terrain vague.

– J'avais un petit creux, se justifie-t-il.

– Moi, je préfère les petits commerçants, fait Thierry le rat borgne, ils conseillent mieux.

– Oui, mais les rayons sont moins larges, tu peux te cogner, le borgne.

– C'est vrai, mais je préfère quand même.

Pendant ce temps, Josette s'empare du ballon, dribble le caniche, Patrick Hoquet et le basset, mais bute sur Chien Pourri qui mord dans le ballon.

– Désolé, c'est le ballon de mon papa ! dit-il.

– Ce spectacle est désolant, soupire une dame.

– Pourri ! s'indigne un monsieur.

– Hip, hip, hip, pourri ! crient deux spectateurs.

Chien Pourri fonce rapporter le ballon vers le papa de Jojo et pense recevoir mieux qu'une médaille olympique : une inscription dans le livret de famille.

– T'es idiot ou t'es bête ? demande le papa à Chien Pourri.

Ça doit être une question piège, se dit Chien Pourri. *Les papas aiment beaucoup en poser pour tester leurs enfants*.

– Je suis une carotte, répond Chien Pourri, qui pense ainsi éviter le piège.

Profitant de cet arrêt de jeu, le caniche et le basset tentent lamentablement de truquer le match en introduisant le rat borgne à l'intérieur d'un ballon.

– Dès que tu vois la surface de réparation, tu te tires, tu comprends ? demande le caniche.

– Jamais je ne trahirai mon équipe !

– Laisse, ce rat est un rageux !

fait le basset. Et puis il n'arrivera jamais à cadrer avec un seul œil.

Josette, elle, n'a pas dit son dernier mot, d'autant qu'un supporter qui n'a pas inventé l'eau chaude tente de la refroidir depuis les tribunes :

– Eh, la fille, retourne chez ta mère jouer aux billes ! lance-t-il.

Josette remonte ses chaussettes, dribble, décale, déborde, tire et c'est le but ! Mais pour Chaplapla,

difficile de l'accorder à l'une ou l'autre équipe.

– Il est pour qui ? demande Chaplapla.

– Pour ma maman, souffle Josette, trouée d'émotion.

Ce qui déplaît fortement à son papa :

– Votre maman est partie, elle ne peut pas recevoir de médaille !

– Moi, je peux, propose Chien Pourri. Je suis de la famille.

– Maman n'aime pas les chiens, elle préfère les chats, explique Jojo, désolé.

Alors, le cœur de Chaplapla se regonfle quand celui de Chien Pourri se dégonfle : c'est la dure loi du sport.

Chat, c'est pas possible, chat

Et c'est bien celui que personne n'attend que tout le monde regarde. Car Chaplapla, qui fait le bonheur des petits et des grandes décharges, boude comme un enfant.

– Ne comptez plus sur moi pour arbitrer vos affreux Jojolympiques, dit-il.

– Qu'est-ce qu'il a ? Il a un caractère de chien, ce chat, estime le papa.

Mais Chaplapla a été touché

dans son amour-propre. Lui aussi, lorsqu'il était plus jeune, a rêvé de recevoir une médaille sous son pelage soyeux.

– On n'a qu'à lui faire une épreuve sur mesure, propose Hector le pigeon.

– On ne va quand même pas faire un chat olympique ! râle Thierry le rat.

Comme on n'est jamais mieux servi que par soi-même, sauf au restaurant, c'est finalement Chaplapla qui choisit l'épreuve qui lui convient le mieux : celle où l'on ne fait rien.

C'est pas du jeu, les chats, ça dort toute la journée, proteste Jojo.

– On peut recevoir une « médaille dort » ? demande Chien Pourri.

– Nous, on se bat tout le temps, on ne va pas tenir, s'inquiète Josette.

Mais cette épreuve intéresse de nombreux participants, car après le match de foot-baballes, les corps ont besoin de repos.

– Je peux regarder ma frange toute la journée, frime le caniche.

– Moi mon manteau, avoue le basset.

– J'ai déjà passé une journée à observer une mouche, dit Chien

Pourri, mais en fait, c'était un moustique !

Chaplapla rappelle les règles : le premier qui bouge sort !

– Où ça ? demande Chien Pourri qui n'a pas inventé la lune, ni 1, 2, 3 soleil.

Les spectateurs désertent très vite les tribunes car le spectacle s'annonce long et sans intérêt. Certains participants ont apporté leur duvet. C'est le cas du piaf venu avec une oie.

– Je l'ai plumée hier au poker, dit-il.

Cette épreuve de tout repos est aussi l'occasion pour les candidats d'un moment de réflexion.

Jojo, appuyé contre un mur, se souvient de sa maman quand

la pression de la douche n'était pas encore trop forte.

Il se rappelle que son papa notait toujours très bien sa maman au moment des repas, sauf la fois où elle avait raté son soufflé au fromage. Un soir, il lui avait même décerné le titre de championne du monde des desserts pour le lui retirer la semaine suivante parce qu'elle avait raté son gâteau.

– Jojo, tu sors ! dit Josette.

– Je n'ai pas bougé ! proteste Jojo.

– Maintenant, si ! T'as bougé les lèvres !

– Toi aussi alors !

Le reste des candidats tentent de rester immobiles, mais c'est un exercice difficile et tout le monde n'a pas la chance d'être un lampadaire.

Hector le pigeon ne tient pas sur ses béquilles, le piaf ne tient pas en place, le caniche ne peut s'empêcher de se recoiffer, et le basset de remonter son survêtement. Mais Chaplapla, lui, ne bouge pas, roulé en boule comme un roulé au chocolat.

– On parie que je l'élimine ? dit le papa de Jojo. Eh, le chat ! Il y a ta mère Michel qui te cherche.

– Mais je n'ai pas de maman ! se redresse Chaplapla.

– Allez, hop, hop, éliminé ! crie une dame d'un quartier hup, hup.

– Sur l'air du tradéridéra. Et tralala, chante un monsieur.

Pauvre Chaplapla, ce n'est pas cette fois qu'il obtiendra sa première médaille. Mais dans la foule des spectateurs une rumeur enfle.

Un petit garçon immobile est toujours en course, c'est Patrick Hoquet.

– Cette fois, il n'y a pas de hic, il est guéri ! hurle sa maman.

– Hourra ! crie la foule en délire.

– Un point pour les hup, hup ! dit un monsieur qui fait du hula-hoop.

Pourtant, une fois sur le podium, accompagné d'un escargot de compagnie et d'une limace à la traîne, Patrick rejette sa médaille.

– Je n'en veux pas, j'ai déjà remporté une victoire sur moi-même, dit-il.

– C'est possible, ça? demande Chien Pourri. Ça doit faire mal.

– Je préfère donner ma médaille à Jojo et Josette, ils en ont plus besoin que moi.

Malheureusement, le geste généreux du petit Hoquet reste à quai.

– Jamais mes enfants n'accepteront la médaille d'un autre. Une médaille, ça se mérite, c'est comme un nonoss, hein le chien?

Je ne sais pas pourquoi il me regarde comme ça, je ne suis pas le chien, je suis son fils, pense Chien Pourri.

L'épreuve de force

Jojo l'avait décidé depuis le début des Jojo, l'épreuve du lancer de Josette va commencer.

– Bah, après tout, si ça peut lui rapporter une médaille, soupire le papa.

– Le lancer de frère, ça marche aussi ? demande Josette.

– Si on n'a pas de frère ou de sœur on peut se lancer soi-même ? demande Chien Pourri.

Chaplapla proteste contre

cette épreuve, mais le petit Jojo étant le seul membre du comité jojolympique, il n'y a rien à faire.

Je vais propulser Josette si fort dans le ciel que maman la verra de son balcon et applaudira ma performance.

Un canard boiteux s'approche du petit Jojo et tente de l'en dissuader :

– Tu sais Jojo, dans la vie, il n'y a pas de fort ou de nul…

– C'est ça, le nul !

– Non, écoute-moi, si tu lances ta sœur aujourd'hui, peut-être que tu gagneras une médaille, mais tu perdras ton honneur et tu resteras un vilain petit canard toute ta vie, crois-moi, je sais de quoi je parle.

– Qu'est-ce que ça peut faire, si maman ne me voit pas ? répond Jojo.

– Bon, tu me lances ? demande Josette, qui en a vu d'autres.

– Attends, je me concentre.

Jojo empoigne sa sœur par la taille. Pour se donner des forces, il se souvient de la fois où elle lui avait tiré les cheveux, et aussi de celle où elle lui avait fait un croche-pied et claqué la porte au nez dans une même journée. Mais en se rapprochant d'elle, il respire son odeur et s'arrête.

– Tu sens maman ! dit-il.

– Ben oui, elle m'a donné un t-shirt avant de partir.

– À moi aussi, dit Jojo. Elle te manque ?

– Oui.

– Jojo, tu la lances ou t'es disqualifié ! s'impatiente le papa.

Dans la tête de Jojo, tout s'agite, il voudrait tant plaire à son papa et à sa maman en même temps. Il se souvient de la fois où il avait terminé deuxième en histoire, septième en géo et vingtième en algèbre, et où sa maman lui avait fait un gros bisou pour l'encourager, et son papa lui avait dit : « Tu feras mieux la prochaine fois… enfin, t'as intérêt ! »

C'est étrange, je ressens de la pression et pourtant je ne suis pas sous ma douche, pense Jojo.

Une pluie d'encouragements tombe sur lui comme autant de gouttes qui lui glacent le sang.

– Jojo, Jojo ! crie la foule. Vas-y petit, t'es un grand !

Jojo tremble, il a froid et chaud à la fois, comme une douche déréglée, mais il ne peut plus reculer, alors,

à contrecœur, il serre sa sœur et, grâce à toute l'énergie de son petit-déjeuner, il la soulève et la propulse à 20 cm au-dessus du sol.

– C'est nul ! dit une dame, je fais beaucoup mieux avec mon mari tous les matins.

C'est maintenant au tour de Josette de lancer son petit frère, mais Jojo ne tient pas en place et ne se laisse pas attraper, il la bouscule et fait demi-tour.

– Où va-t-il ? demande son papa.

– Disqualifié ! hurle Josette.

Pourtant Jojo n'abandonne pas, il sait qu'une ultime épreuve l'attend, bien plus difficile qu'un lancer de Josette ou d'affreux Jojo, une épreuve de 42,195 kilomètres qui le sépare de sa maman. Jojo va courir le marathon, bien décidé à arriver le premier pour délivrer un message de la plus haute importance à la personne la plus importante à ses yeux.

Le marathon-saumon

Mais retrouver une maman à cette distance équivaut à trouver une aiguille dans une botte de foin, une arête dans un poisson surgelé, un cheveu sur le crâne d'un chauve.

Pauvre petit Jojo, il ne sait pas où donner de la tête, il court dans tous les sens en reniflant le t-shirt de sa maman.

Il lui faudrait un guide, se dit Chien Pourri. *Dommage que je sois une carotte.*

– Où vas-tu, mon petit lapin ? demande une gentille dame à Jojo.

Alors, comme rarement dans la tête de Chien Pourri, quelque chose se produit : une idée, une idée forte qui lui donne des ailes.

Je vais courir comme une carotte ou plutôt comme un lapin et même comme un lièvre pour le petit Jojo.

Chien Pourri renifle le t-shirt de Jojo et file à travers les rues de la ville, les champs et les sentiers de la campagne.

– Suis-moi, Jojo, on va retrouver ta maman !

Le papa de Jojo lui court après : *J'ai peut-être été un peu dur. Pauvre Jojo, il pense qu'il n'a pas le droit de rentrer à la maison s'il ne me ramène pas une médaille d'or.*

– Une médaille d'argent, ça me va aussi ! hurle-t-il dans sa direction.

Je vais m'user les chaussettes, mais j'arriverai avant lui, pense Josette. *Moi aussi, je veux voir ma maman.*

– Je vais te battre ! hurle Josette.

Mais Jojo n'entend rien, guidé par Chien Pourri et son envie de serrer sa maman le premier.

Alors, emporté par la foule qui les traîne et les entraîne en dehors de la ville, les champs,
les campagnes et même un petit bout d'autoroute, les coureurs de tous les quartiers se lancent à la poursuite de Jojo. Chaplapla assure le ravitaillement et regonfle le moral des athlètes hors d'haleine.

Au bout de 42 kilomètres et de quelques abandons, Chien Pourri voit enfin la ligne d'arrivée.

Elle se tient sur une chaise longue à une centaine de mètres : une maman sur la terrasse d'une maison, qui décompresse en lisant un roman.

– Maman ? demande Chien Pourri.

– Maman ! entend Chien Pourri en écho.

C'est le petit Jojo qui arrive en deuxième position, juste derrière lui.

Pour mon quartier, pour ma poubelle, je vais franchir la ligne d'arrivée le premier, pense Chien Pourri.

– Qu'est-ce qu'une poubelle comparée à une maman, Chien Pourri ? demande Chaplapla, qui arrive juste à temps.

Oh dur, encore une question piège ! pense Chien Pourri.

Sans réponse, Chien Pourri s'écarte pour laisser passer Jojo. Cette fois, même Josette est battue à plate couture et laisse son petit frère embrasser sa maman le premier.

Jojo parvient enfin à délivrer son message :

– La douche est réparée, tu peux rentrer à la maison, maman.

– Mes enfants, ne cédez jamais à la pression, dit leur maman, en les serrant très fort.

– Je ne veux pas te mettre la pression, dit le papa qui a retenu la leçon, mais Jojo a raison, tu peux revenir quand tu veux.

– C'est vrai, maman, tu peux rentrer à la maison, dit Chien Pourri qui ne comprend rien.

– Hic, fait Patrick, mince, ça me reprend, mais cette fois, c'est l'émotion.

Et pour fêter la fin des Jojolympiques, Chien Pourri invite tout le monde à ranger sa poubelle, puisqu'au final : l'important, c'est de participer !

– Pour le quartier des huppés, hup hup, hup ! crie la foule en délire.

– Pour le quartier tout pourri, hip, hip, hip ! crient Chien Pourri et Chaplapla.

– Et vive les Jojolympiques ! crie Jojo dans les oreilles de Josette.

Colas Gutman • Marc Boutavant
Chien Pourri!
Mouche
l'école des loisirs

Colas Gutman • Marc Boutavant
Joyeux Noël
Chien Pourri!
Mouche
l'école des loisirs

Colas Gutman • Marc Boutavant
Chien Pourri
à la plage
Mouche
l'école des loisirs

Colas Gutman • Marc Boutavant
Chien Pourri
à l'école
Mouche
l'école des loisirs

Colas Gutman • Marc Boutavant
Chien Pourri!
à Paris
Mouche
l'école des loisirs

Colas Gutman • Marc Boutavant
Chien Pourri!
est amoureux
Mouche
l'école des loisirs

Colas Gutman • Marc Boutavant
Chien Pourri!
à la ferme
Mouche
l'école des loisirs

Colas Gutman • Marc Boutavant
Joyeux anniversaire
Chien Pourri!
Mouche
l'école des loisirs

Colas Gutman • Marc Boutavant
Chien Pourri!
fait du Ski
Mouche
l'école des loisirs

Colas Gutman • Marc Boutavant
Chien Pourri!
et sa bande
Mouche
l'école des loisirs

Colas Gutman • Marc Boutavant
Chien Pourri!
Millionnaire
Mouche
l'école des loisirs

Colas Gutman • Marc Boutavant
Chien Pourri!
au Cirque!
Mouche

Colas Gutman • Marc Boutavant
Chien Pourri!
et la poubelle à Remonter le temps!
Mouche
l'école des loisirs

Colas Gutman • Marc Boutavant
Chien Pourri!
et le gourou Toutou
Mouche
l'école des loisirs

Colas Gutman • Marc Boutavant
Chien Pourri!
a un fils
Mouche
l'école des loisirs

Colas Gutman • Marc Boutavant
Chien Pourri!
à HOLLYWOOD
Mouche
l'école des loisirs

Colas Gutman • Marc Boutavant
Chien Pourri!
au Musée
Mouche
l'école des loisirs

Colas Gutman • Marc Boutavant
Chien Pourri!
le Grand Fourre Toutout
l'école des loisirs